U0134128

2010年上海世博会以"城市,让生活更美好"为主题,首次提出"低碳世博"理念。"天下一家"项目率先从个人与家庭低碳生活理念和行为方式的角度,对世博主题和核心理念进行深度诠释。

"天下一家"属于上海世博会文化演艺活动中"组织者组织的主题类活动——年轻的世博"活动线中的一个项目。通过塑造一个未来的"碳减排"志愿者家庭,吸引中国乃至全球的环保志愿者(家庭)参与选择低碳生活方式,将亘古不变的传统情感元素与保护自然生态的责任心,自然地融入科技、环保展示过程,既是一种未来城市低碳生活的实验方式,同时也是一场结合展馆、网站和社会活动的大规模互动性环保运动。

上海世博会期间,"天下一家"项目组举办了"全球低碳生活创意征集"活动。通过网络、部分世博展馆、上海数百个社区、在华跨国企业、海外等各种渠道,征集到近千条创意点子。经活动专家评委组包括美国环保协会、世界自然基金会等权威专家的严格评审,从中筛选出200条创意金点子,以漫画的形式集结出版此书。

明 星 寄 语

　　从你我做起，从小事做起，让我们从《绿宝书》中发掘最珍贵的生活宝藏，让每一个平凡的日子都洋溢着绿色的气息。

（胡歌——"天下一家"明星情景剧　Michael的扮演者）

　　低碳，让我们的生活更简单，更美好，佳佳和俭俭的小夫妻生活有滋有味，绿色低碳的生活理念更添光彩。

（奚美娟——"天下一家"明星情景剧　贝太太的扮演者）

　　追求朴实，远离奢华，回归自然。

（姜昆——"天下一家"明星情景剧　贝先生的扮演者）

绿宝书

减碳生活每周修炼指南

上海世博局活动部 总策划

2010上海世博会"天下一家"项目组 编

上海科技教育出版社

坚持7天 改变世界

西方的《创世记》神话说世间万物来自上帝7天的创造。现代行为科学研究发现，7天也正是人养成一种新习惯通常需要的最短天数。而习惯一旦养成，无论好坏，都会很难改变，甚至会潜移默化，传给兄弟朋友、子孙后代。

今天，日益严峻的全球气候变暖问题背后，除了各国政府行为、企业行为需要改变外，更艰巨的任务则是如何改变普通公众早已养成的千百种高碳生活习惯。

如果普通公众仍然更习惯于开私家车上班、喝瓶装饮料、穿免烫衬衫开会，低碳时代就会依然离我们非常遥远。

因为，普通公众的单一习惯于带来的碳排放量虽然不大，但乘以60亿，都会变成天文数字。

从这个意义上说，这本四格漫画更像一篇檄文，它所涉及的200多种生活习惯的微小变化，虽然简单，却是对公众生活常态最真实的挑战。

2010年上海世博会期间，上海世博局主办了围绕个人与家庭的低碳生活主题，融入传统情感、环保理念和现代科技展示的世博全球参与活动——天下一家。线下的天下一家展馆和线上互动平台"天下一家@减客网"上下联动，精心组织了"全球低碳生活创意征集"活动。征集的创意汇聚了来自互联网、世博园区、上海数百社区、在华跨国企业以及海外机构中众多低碳达人们的共同智慧，来自他们最真实的生活实践。

活动通过美国环保协会、世界自然基金会等权威专家的严格评审，从近千条金点子中选取了最具推广价值的200条。它涵盖了衣食住行、家用、办公等众多领域的低碳经验，是通往低碳生活的200条林间小径。选择其中的任何一条，走入其中，你在最初的7天中就能细细体会出低碳先行者的欣喜与烦恼，体会出平淡中的那份坚守和执著。

如果你在第7天仍然没有放弃，那么恭喜你，你已正式加入改变世界者的行列，因为你已学会将麻烦留给自己，将更健康的星球留给我们的子孙后代。并且，这种行为已经成为你的习惯，它将在你的生活圈中逐渐传播出去，变成你爱人的习惯、孩子的习惯、同事的习惯，甚至上司的习惯。

地球只有一个，如果她病了，孩子们将无家可归。

让我们坚持7天，去改变她的命运吧。

天下一家@减客网

www.we-are-world.com

记得2008年的金秋十月，举世瞩目的北京奥运会刚刚圆满闭幕，大街小巷还在讨论着科技奥运、人文奥运、绿色奥运的时候，我们看着"城市，让生活更美好"的上海世博会主题，面对着坐满会议室的策划团队不禁在想，2010年的金秋，大街小巷会议论着何样的世博呢？

什么是更美好的城市，什么是更美好的生活？作为一个上海世博会组织者组织的体验活动，如何向来自全世界的观众展现出更美好的城市，让他们体验到更美好的生活，便成了"天下一家"最核心的任务。

在确立了以"家庭"为基础的表现形式后，我们围绕着全球热点、世博主题、社会变革和城市发展，以一家人生活的改变所反映出的低碳、科技、亲情、沟通等四个方面，场景化地展现出"让天下尽为一家"的理念和生活方式，从而比较直观地诠释"让城市更美好，让生活更美好"的核心主题。在"天下一家"项目的实施过程中，我们经历了气候变化带来的灾难，也见证了环境向全人类发出的《哥本哈根宣言》。渐渐地，整个社会对"低碳"这个词越来越熟悉了，对环保的意识和重视程度也越来越高了。我们不再空喊着绿色环保，而是积极地用减少碳排放的行动，参与到低碳世博、减排世博当中来。我们意识到，低碳需要更多的人理解，需要更多的人支持，需要更多的人参与，也需要更多有社会影响力和引导力的人参与到低碳减排的行动中来。于是，热心环保多年的奚美娟、姜昆老师，年轻但同样热心环保的胡歌，"世博手势形象大使"同时也是上海女孩的黄奕，都参与进来。他们用自己精湛的表演和明星的社会责任感，更广泛地影响和倡导人们支持并参与到低碳行动中来，鼓励更多的人成为一个低碳世博的参与者。

2010年的金秋十月，如果您已经非常熟悉"低碳"这个名词了，何不也参与到其中来，为城市的明天做一些力所能及的减排？这本脱胎于"天下一家"的书，就会告诉您如何成为一个减客（Low-carboner），一个"低碳"的践行者。

2010上海世博会"天下一家"项目组

目录

week1 青菜周

青菜富含维生素和矿物质，经济又健康

星期一　穿衣多穿"纯天然"，穿衣简单朴素，衣料尽量选择棉、麻等质地。

星期二　洗碗、洗菜、洗衣时不要直接对着水龙头冲，改放适量的水在盆槽内，减少用水。

星期三 将地板装修成白色，天花板装修成银色，采光效果会很好，可以减少光线暗时的开灯频率。另外，安装的百叶窗如果一面是黑色，一面是银色，采光效果也会很不错。

新房色调怎么选择呀？

地板装修成白色，天花板装修成银色。

这样不成了医院啦？

医院设计一定很卫生、很环保的呀。

星期四　定期检查轮胎气压，气量过低或过足都会增加油耗。

星期五　从节能减排的角度而言，设置大办公室，多人在同一间屋子办公，与每人一间办公室单独办公相比较，可以节约大量的电能。

各位同志，今天我们将迎来一位新战友。
各位同仁，今天我们将迎来一位新搭档！

各位伙伴，今天我们又将迎来……

这老板太抠了！人越来越多，全都挤在一起！

这儿工整简洁又节约空间和能源，多好。

星期六　不要将面巾纸等物品丢入马桶内，以免增加用水量。

星期天　洗衣机开强档比开弱档更省电，还能延长机器寿命。

以后洗衣机洗衣服要用弱档，省电又不伤衣。

谁说的？

姐妹儿。

弱档洗衣对某些真丝类衣服是有好处，但弱档洗衣延长了电机工作时间并且不间歇工作，反而增加了电耗，所以一般的衣服应该尽量勿用弱档洗。

土豆周

土豆富含钾和维生素C，还能做主食，简约生活之选

星期一　冰箱、洗衣机、干衣机是电费支出的主要构成部分。减少10%的机洗次数，每年节省50 —100千瓦电。

星期二　沾了油的锅和盘子要先用用过的餐巾纸擦干净，这样洗起来既节水省时，又可少用洗涤剂，减少水污染．

星期三　未必红木和真皮才能体现居家品位；建议使用竹制家具，因为竹子比树木长得快。

星期四　一般的车用93号油就够了，盲目使用97号油可能既浪费，还伤发动机。

星期五　在打印非正式文稿时，可将标准打印模式改为草稿打印模式。

星期六　早上浇花可减少蒸发量，进而节约用水。

老婆可知道花何时要喝水？

花跟你说过？

早晨是花最需要补充水分的时间，而且早上浇花可减少蒸发量，节约用水。

星期天　洗衣时添加洗衣粉应适当，并且选择无磷洗衣粉，减少含磷清洁剂的排放。

week3 胡萝卜周

胡萝卜富含维生素A和胡萝卜素，给减客一双明亮的眼睛

星期一　洗衣时用温水，而不要用热水；衣服洗净后，挂在晾衣绳上自然晾干，不要放进烘干机里。这样，你总共可减少90%的二氧化碳排放量。

星期二　烹煮加的水量只要符合需要即可，不要加水过量，避免延长烹煮时间。烹煮过程中尽量盖上锅盖，减少热量散发。

 ——减碳生活每周修炼指南

星期三 家用化学制剂不仅会污染室内环境，还会带来室外污染。今年用些更天然的清洁剂吧，比如自己制作苏打水加柠檬汁的天然清香喷雾剂，既安全又环保。

你明天下班后去买一罐居室清香喷雾剂吧!

喷雾剂都是化学合成的，对环境对人体百害无益!

那怎么办？要有香味才舒服呀!

我正在试验一种天然清香喷雾剂……苏打水加柠檬汁!

星期四 洗干净同样一辆车，用桶盛水擦洗的用水量只是用水管冲洗用水量的1/8。

书上说用桶盛水擦洗与水管冲洗，前者省水后者费水？

因为水冲洗时一部分水是没洗到就白白流走了。

为什么会流走呢？

因为泼出去的水是捡不回来的，桶里的水还在呀。

星期五 喷墨打印机使用的能源比激光打印机少90%；打印机与复印机联网，可以减少空闲时间，效率更高。

星期六 购买季节性的水果和蔬菜可减少能源消耗.

星期天 把漂洗的水留下来作下一批衣服洗涤之用，一次能省下30 — 40升水。

week4　番茄周

番茄富含维生素B和维生素C，尤其是维生素P含量冠绝蔬菜，确保维生素C的吸收

星期一　避免选购有抗皱、免烫、防水、防污等附加功能的衣服，通常这些功能都是靠化学药剂实现的。

避免选购有抗皱、免烫等附加功能的衣服

老婆大人，抗皱免烫防水防污衣服你穿了肯定一级棒。

晕，难道我就那么邋遢？

不是的，这样我就不用买烘干机了啦……

星期二　实验证明，中火烧水最省气；烧煮前，先擦干锅外的水滴。

星期三　夏天在夜间最低温度较低的情况下，预先进行通风换气，利用建筑物自身的结构蓄冷。此方法除了减少能耗外，还可以保持室内良好的空气质量。

星期四　电动自行车最大的优点是零排放、低噪音、无污染，节能环保。

星期五 尽量使用电子邮件代替纸类公文。倡导使用电子贺卡，减少部门间纸质贺卡的使用。够浪漫啦！

星期六 减少购买过度包装的商品.

星期天　加防尘罩可以防止电视机进灰尘，灰尘多了就可能漏电，增加电耗。

weeks 毛豆周

毛豆富含蛋白质、卵磷脂和不饱和脂肪酸，少有的营养均衡的蔬菜

星期一　选购童装时，最好选择白色、浅色、无印花、小图案、材质不要很硬的衣服。

星期二 在外就餐要打包，别把节约当口号。

星期三　用水盆来洗手和洗脸，比直接冲洗更节约水量。

星期四 多余的负载意味着更多的油耗.

星期五　涂改剂、墨水清除剂、打印修改液用起来很方便，可是这些化学制剂中一般含有苯和汞等有毒的化学物质，所以为了自己的健康和环境，要尽量少用这些产品。

星期六　喝剩的可乐大家常会倒掉。其实，可乐是相当好的去污剂呢！将喝剩的可乐倒入泛黄的马桶中，浸泡一会儿污垢便能被清除。用刷子刷刷效果更好。

对！没错，拿把刷子来吧！

所以，你的意思就是，没气可乐能泡除污垢？

星期天 为电视机单独配置一个电源板，每年可以减少8千克的二氧化碳排放量。

week6　玉米周

玉米富含不饱和脂肪酸、维生素、微量元素和氨基酸，素食也健康

星期一　洗衣粉出泡多少与洗净能力之间无必然联系，而低泡洗衣粉可以比高泡洗衣粉少漂洗几次，省水省电省时间。

星期二　尽量吃绿色食品，多喝水，少喝酒和碳酸类饮料，高脂·高糖等垃圾食品尽量避免。

高脂·高糖·油煎食品是导致女性乳房癌的杀手！

星期三　可以把马桶水箱里的浮球调低2厘米，一年可以省下4立方水。

星期四 避免急加速、超速和突然快速移动等不良习惯，那样会增加油耗。

坐你开的车总像温吞水，没刺激感。

为了安全，也为了节约开支。

加速、超速、突然快速移动会增加油耗！同时安全度下降。

星期五　多用钢笔，少用一次性的碳素笔，减少塑料笔管制作时能源的消耗。

星期六 现在的护肤品、化妆品、洗浴用品多是塑料瓶包装，往往在挤不出来内容物的时候，剪开瓶子会发现里面还有很多没用完，有的甚至会有1/3左右，不剪开直接扔掉了是很大的浪费。

星期天 等剩菜冷却后，用保鲜膜包好再送进冰箱；否则热气不仅增加冰箱做功，还会结霜，双重费电。

week7 黄瓜周

黄瓜清脆可口，减碳、减肥，还美容

星期一　熨烫衣服时，通电后可先熨耐温较低的，待温度升高后，再熨耐温较高的，断电后，再熨部分耐温较低的。

星期二　少吃腌制类、油炸类和可乐类食品，为了自己的健康，也为了低碳生活。

腌制类食品总可以吃吧？我最喜欢吃了。

腌制类食品盐分都超标，并含有其他有损健康的化学成分。

好

水泡以后总可以吃了吧？

浸泡以后的腌制食品对健康也是不利的。

星期三 在拖把上倒一点醋拖地，即可去掉地面油污。

星期四 适当暖车，发动机过冷会增加油耗。

星期五 工作和生活中尽量选择使用再生纸，虽然再生纸颜色有些发黄，但是又酷又环保。

星期六 垃圾分类不乱扔, 回收利用好再生.

星期天　冷冻室设在上面的冰箱更省电。冰箱内存放食物的量以占容积的80%为宜，放得过多或过少都费电；食品之间、食品与冰箱之间应留有约10毫米以上的空隙。

老公，我又买了够吃一周的食品，再不为买菜犯愁了。

冰箱里的食品放得过多或过少都费电，食品时间长了也不卫生呀。

那以后都你去买吧！

为了节能，为了老婆，明天早起上菜场！

week8 洋葱周

洋葱富含硒，抗氧化延缓衰老

星期一 褶皱不深的衣物漂洗最后一遍时，不用机甩直接晾晒，可以免去熨烫，节能又环保。

星期二 喝不完的茶水不要隔夜放置，茶渍积久很难清除，避免不必要的洗涮时间和水浪费。

星期三 平日里一些用剩的废纸、旧衣物可以再利用，用作草稿纸、抹布、饭兜等，既环保又节约。

星期四　夏季温度高，油箱内的汽油容易挥发掉，加油以七八成满为宜，不仅降低了挥发量，还可以减轻负重，达到节油目的。

星期五　开短会也是一种低碳行为，照明、空调、扩音用电都能省下来。

星期六　我们应该推广墙面绿化，墙面植物在炎热的夏季可以遮挡太阳辐射和吸收热量，并通过叶面蒸腾作用降低室内温度，还可以减少空调能耗。

星期天 为减少解冻食品时开微波炉的次数，可预先将食品从冰箱冷冻室移入冷藏室，慢慢解冻，这样可以充分利用冷冻食品中的"冷能"。

又在冰箱里翻什么？总折腾！

把明天你想吃的食品从冷冻室移入冷藏室，可省了微波炉解冻的电耗呢。

就你想得多！

week9　南瓜周

南瓜富含微量元素钴，是血液中红细胞更新的重要原料

星期一 买了新衣服，上面的吊牌可不要扔了，拿来当书签吧，或者慢慢收集起来，说不定还是不错的收藏呢。

星期二 喝水也尽量喝白开水，因为最解渴，最健康。

今天健美老师不让我们喝自带的饮料，只让喝白开水。

白开水解渴，又不含糖，又没有添加剂，有利健康呀。

饮料广告不是都说"安全、可靠、卫生"吗？

"安全、可靠、卫生"过量，也不等于对身体有利的呢！

星期三　在新房装修好后，新房内的甲醛等有害物质往往令居住者很不放心。把菠萝皮铺在纸上，每间屋子的角落里都放上一些，就能起到去除甲醛的作用。

你买这么多菠萝干吗？新房装修好了，什么时候能入住啊？

你想做什么呀！

这叫一举两得：菠萝酱能让老婆品尝美味，菠萝皮能起到去除甲醛的作用，为早日住进新房"奋斗"呢。

星期四　没事多出去走走，"宅"是很费电的。

星期五　各种磁卡都不要乱丢，可以收集起来集中处理，因为磁卡里的芯片也会危害环境。

星期六　屏幕保护越简单越好，最好是不设置屏幕保护。

星期天 无须24小时开启手机，睡觉前最好将手机完全关闭，这不仅能降低耗电量，亦有利于身体健康。

week10 青椒周

青椒，维生素C含量最高的蔬菜

星期一　穿过的旧的牛仔衣服之类的不要随便丢弃，可以改成背包或购物袋用的。

星期二　夏季气温高，烧开水前先不加盖，让比空气温度低的水与空气进行热交换，等自然升温至空气温度时再加盖烧水，可省燃气省钱。

星期三 采用自然光，使用节能灯，杜绝长明灯，做到人走灯灭，随手关灯。

星期四　颜色较浅的车色和内装，在夏季可以减少热量吸收，降低冷气负荷，自然也就比较省油了。

为什么在我们买车时我选择了浅色车？

我喜欢黑的，到现在我还在生气！哼！

颜色较浅的车色和内装，在夏季可以减少热量吸收，降低冷气负荷，自然也就比较省油了呀。

难道我又气错了？！

星期五 少用纸巾，重拾手帕，保护森林，低碳生活。

星期六 短时间不用电脑时，启用电脑的"睡眠"模式，能耗可下降到50%以下。

星期天　不要长时间使冰箱处于"强冷"或"强热"状态。

week11 卷心菜周

卷心菜富含维生素U，可保护肠胃

星期一　少使用隐形眼镜，建议框架眼镜与隐形眼镜交替使用。

星期二　打电话给银行客户服务中心，修改你的账单邮寄方式，使用电子账单，你的生活将会更低碳。

星期三　一天少抽一支烟，一个烟民每年就相当于节能约0.14千克标准煤，相应减排0.37千克二氧化碳。

星期四　夏天调高或冬天调低五六度，每天持续时间8小时，每年可以节省5%—15%的空调费用。制热时风向调节页面朝下，制冷时页面朝上，可以提高制热或制冷效果。

星期五 尽量不要让硬盘、软盘、光盘同时工作。

电脑接口是给人用的，同时用又何妨？

移动硬盘、软盘、光盘都有马达驱动，属电脑耗电大户，同时用当然耗电大。

那为什么不装互锁装置？

制造商只考虑功能需求，没有考虑你的环保需求嘛。我要给他们献一计。

星期六 洗过脸不要随手将湿毛巾搭在门后或挂钩上，要晾挂在通风干燥处。毛巾用久有湿黏现象时，用盐揉搓，再用清水洗净就会有很大改观。

星期天　美国有统计表明：离婚之后的人均资源消耗量比离婚前高出42%—61%。让我们用婚姻保护地球吧！

离婚之后的人均资源消耗量比离婚前高出42%-61%……

对男人不残忍一点儿就是不行。

婚姻保卫战，不得不战啊……

week12 茄子周

茄子富含维生素P，可降低血管脆性

星期一　夏天只要把空调调高一度，全国每年就能省下33亿度电。启动自动调温功能，假如室温达到你的要求，空调即可停止制冷。

今天办公室贴了个纸条说：只要把空调调高一度，全国每年能省下33亿度电。可能吗？

为什么？

可能。

将空调设置在除湿模式工作，即使室温稍高也能令人感觉凉爽，且比制冷模式省电。

星期二　如果你做一名素食主义者，每年的二氧化碳排放量将减少约1.5吨。

你们我们今天吃什么呀？

老样子，咸菜土豆汤，芋艿蒸玉米。

你们，你老了会很可怕的。

温室效应才更可怕，做素食主义者，我每年的二氧化碳排放量将减少1.5吨呢！

星期三　尽量少使用空气清新剂，其所含的化学成分被人体长期吸入，会产生不良反应。

老公，我难受。

怎么了老婆？这是什么香味？？

公司保洁员不知道为什么，喷了好多空气清新剂，这香味真受不了！

空气清新剂里的化学成分对人体有害啊！

啊……明天去和保洁员说说，再喷我就要戴防毒面具上班了！

　　星期四　一块新的手机电池最初几次的充电时间必须控制在12小时以上，这样才能将锂离子充分激活；新电池在开始几次充电之前，必须确保电池电量完全释放。

星期五　过期的牛奶不要扔掉，把它们放在瓶子里发酵，发酵好后加上一定比例的水，用来浇花，这样开出来的花更加鲜艳。

星期六 去超市的时候，别忘记自备购物袋。

星期天　建议社区经常举办"换物大集"，大家拿出自己多余的但对别人有价值的东西，这样方便人们各取所需，资源共享，减少物品闲置浪费。

week13 蘑菇周

蘑菇高蛋白、低脂肪，微量元素含量丰富

星期一　把一个孩子从婴儿期养到学龄前，花费确实不少，部分玩具、衣物、书籍用二手的就好。

老公，把孩子养大成人的钱可以再买一套房子了。

所以孩子小的时候减少不必要的花费很重要。

怎么省呀？

玩具、衣物、书本画册，都是可以二次使用的，快向你的小姐妹们去收集吧。

星期二　洗菜时，可以把所有的菜择好，先洗干净些的菜，比如葱、蒜、西红柿，再用洗过这些菜的水洗比较脏的菜，比如青菜等。

星期三 选择吊灯时，尽量选择灯罩在灯泡上方的，而不要选择灯罩在灯泡下面的，用少量灯泡即可充分照明房间。

星期四 尽量少使用一次性牙刷、一次性塑料袋、一次性水杯……因为制造它们所使用的石油也是一次性的。

星期五　饲养热带鱼是不环保的嗜好，因为每年有数百万条鱼在运送过程中死亡。

星期六 对于一部数码相机来说，LCD应该算是最耗电的部件，一般数码相机在关闭LCD屏后，可以使用的时间是原来时间的3倍左右。

星期天　将风扇放在空调内机下方，利用风扇风力提高制冷效果。空调开启后马上开电风扇。晚上可以不用整夜开空调，省电近90%。

week14 辣椒周

辣椒素快感，轻松一整天

星期一　将废旧报纸铺垫在衣橱的最底层，不仅可以吸潮，还能吸收衣柜中的异味。

星期二 茶叶罐也是可以重复利用的。一罐茶叶喝一个月，一年就是12个茶叶罐，其实完全没有那个必要。现在我每次去买茶叶，都把家里的空罐带去。

星期三 "租客"与低碳走得更近。"租"是一种节约，一种快乐的理财方式，一种利人利己的低碳生活之道。

星期四　把你的手表重新戴起来吧。常戴手表，减少使用手机频率也是低碳的一种表现哦。

星期五 每年春节，燃放的烟花爆竹烟尘造成空气污染，噪声震耳欲聋，节后环卫工人要清扫大量的纸屑垃圾，加大油耗。建议每户少买一挂鞭。

星期六 尽量少用数码相机的连拍功能和短片拍摄功能，因为这些功能的完成是利用机身内置的缓存来暂时保存所拍画面，耗电量很多。

俭俭，连拍！连拍！

好的，好的。

嗯？怎么没连拍声？

连拍很耗电的，你看……

这个不好看，删掉！

星期天　不使用电器时，应关闭电源。电源板不关，即使电器已关仍耗电。

week15　世博天下一家观光周

人脸识别系统

不需要携带额外的开门钥匙或门卡，通过生物特征便捷可靠地保障居家安全及个人隐私。

全球眼

强大的实时影音互动（留言）系统，可有效地将日常生活中的琐碎信息整合起来。在完成实时动态信息更新的同时，还能让亲友间随时沟通信息，实时亲情互动。

3.6兆瓦风力发电机

由风能所转化的电能实现了发电过程中二氧化碳零排放。辅之以智能电网，就能确保稳定的电力供应。

虚拟窗户

将想要观赏的天气或景观变化，利用LED光源以及特殊窗膜演示出来，在家感受大自然的奇妙变幻，还能让居住在不同城市的家人感觉仍在同一屋檐下。

智能厨房

低碳环保的整体设计，欧琳在提升厨房实际功能、人性化与高效率之余，更大程度地让厨房成为一个信息工作站，成为一个健康空间，甚至是一个家里的天然氧吧。

科技：① 厨房触控屏电脑及自动食物资讯系统
　　　② 特殊食谱显示屏（立体电视）
　　　③ 室内家庭智能蔬菜工厂
　　　④ 远程联系系统/低碳&节能信息
　　　⑤ 食物分析显示台⑥⑦⑧
厨房设备：① 带冰块调控装置的双门冰箱
　　　　　② 橱柜
　　　　　③ 咖啡机
　　　　　④ 烤箱
　　　　　⑤ 蒸锅
　　　　　⑥ 微波炉
　　　　　⑦ 水池
　　　　　⑧ 触控式烹饪台

iFresh冰箱

将智能的信息与沟通平台植入冰箱，使未来的厨房成为智能化健康娱乐厨房，在冰箱上实现智能食品管理的同时，提供信息沟通的平台、提供烹饪指导、同时兼顾照料家人。

减碳潮人进阶篇

食	内　容
1	洗米、煮面的水可以用来洗碗筷。
2	煮饭提前淘米，并浸泡10分钟，然后再用电饭锅煮，可大大缩短米熟的时间。
3	根据家庭人数的多少选用大小合适的饭锅，饭锅过大只会浪费资源。
4	用高压锅煮食可以节省烹煮时间，不仅减少能耗，而且能保存更多的食物营养。
5	不必等食物煮好了再熄火，可以提前一两分钟熄火，用炉灶的余热完成最后的烹煮。
6	较干的食品加水后搅拌均匀，加热前用保鲜膜覆盖或者包好，或使用有盖的耐热的玻璃器皿加热。
7	切肉的时候，横纹切片，顺纹切条，肉更易熟；将切好的肉放在漏勺里，在开水中晃动几下，待肉刚变色时就起水，再下锅炒，只需3—4分钟就能熟。
8	能够煮的食物尽量不用蒸的方法烹饪。
9	不易煮烂的食品用高压锅或无油烟不锈钢锅烧煮、加热熟食用微波炉等等方法，有助于节省燃气。
10	过量食肉至少伤害三者：动物、你自己和地球。
11	在买菜或逛超市之前，应先检查一下冰箱，想想哪些该留，哪些该丢，以及为什么没吃完，以避免产生浪费。
12	根据食物量的多少选择电磁炉的加热档。开始时先用大功率档，开锅后及时调小至使容器内保持沸腾状态即可，既保证食物营养与美味又省电。
13	做完果汁后，将水果、蔬菜渣加入面粉做成馒头，既增加矿物质纤维素，口感又好，且废物利用。

14	面条开锅煮上一小会儿以后，只须关上火盖好盖焖上5分钟，煮面能达到同样柔顺熟透的效果。这样不仅节省了5分钟燃气，也节省了时间，不用守在锅旁防止面条外溢了。
15	把食材在炖煮之前炒至5成熟，放进锅中用大火滚起，然后放入真空锅里，这样食材一样有文火慢煮的效果，而且减低了不少碳排放。

住	内　容
1	房间和阳台的窗户可以安装厚竹帘，放下时可在夏季遮阳、冬季保暖。清洁竹帘使用干刷，减免了洗布窗帘的能耗和水耗。
2	窗帘、床罩、枕套、沙发布等软装饰材料，最好选择含棉麻成分较高的布料，并注意染料应无异味，稳定性强且不易褪色。
3	安装节水龙头和流量控制阀门，采用节水马桶和节水洗浴器具。
4	把装修中剩余的木头、木屑送去造纸厂，减少砍伐树木的数量。
5	在炎热的夏季，如果想要房屋有好的隔热效果，最好不用百叶窗，还是使用厚窗帘吧，因为百叶窗完全无法减少热量的传递。
6	装修新房时，用旧报纸垫于地面，等完工取出，地面洁净如初，这样就省了装修完成后的清洁工作。
7	龙头最好用细排水，减少浪费流动水。
8	完美的浴室未必一定要有浴缸；已经安了，未必每次都用；已经用了，请用积水来冲洗马桶。
9	没必要一进门就把全部照明打开，人类发明电灯至今不过130年，之前的几千年也过得好好的。

| 10 | 使用低流量的莲蓬头，如在莲蓬头上装设"节水器"，除了可节省用水量50%，还能节省热水器的能耗。 |
| 11 | 用双键马桶比传统单键马桶每家每天至少节水一半。 |

行	内　容
1	如果堵车的队伍太长，还是先熄了火，安心等会儿吧。
2	避免过多的短途行驶，考虑到坐公交为世界环境做的贡献，至少可以抵消一部分开私家车带来的优越感。
3	在出行前仔细规划行驶路线，尽量避免高峰期出行。
4	及时通过交通广播等方式获取道路信息，避开拥堵路段，可以节油，低碳。
5	五层楼以下尽量走楼梯，不要乘坐电梯。乘坐电梯时应尽量多人合乘。

用/生活方式	内　容
1	除湿机所收集的水，和纯水机、蒸馏水机等净水设备的废水可以回收再利用。
2	厨房做饭剩下的垃圾也有妙用，比如蛋壳可以撒在花盆中滋养植物，也可以把蛋壳里剩余的蛋清敷在脸上润泽肌肤。
3	厨房的墙壁常因粘附油烟而变得黏腻。这时，利用吃剩面包的柔软部分，就可将黏腻物擦除，省事又环保。
4	不要掉进奢侈品的陷阱。
5	妈妈们给宝宝用普通尿布，少用纸尿裤，既环保又省钱。
6	家庭清洁碗筷时尽量不用洗洁精。用晒干的丝瓜瓤洗碗很好用，即使油腻的盘子也能清洗干净。
7	把积攒的用剩下来的肥皂头泡湿后，在小盒里挤压成饼，晾干后，就变成了一块新肥皂，节约又环保。
8	婚礼仪式不是你憋足28年劲甩出的面子，更不是家底积累的

PK。如今简约、低碳才更是甜蜜文明的附加值。

9	植树为你排放的二氧化碳埋单，排多少，吸多少。
10	即将过期的香水，可喷洒在塞入枕头的干燥花里、洗衣服的水中和拖过的地板上。
11	买个保温瓶，出门自带水。白开水是最好的饮品，而且可以减少塑料瓶的使用。
12	在网上进行银行业务和账单操作，不仅能够挽救树木，避免在发薪日开车去银行，排放不必要的二氧化碳，还能减少纸质文件在运输过程中所消耗的能源。
13	每周购置生活日用品时，尽量一次购置齐全，避免多次来回补充。
14	一个5毛钱的塑料袋造成的污染可能是5毛钱的50倍。
15	绿化不仅是去郊区种树，在家种些花草一样可以，还无须开车。
16	其实利用太阳能这种环保能源最简单的方式，就是尽量把工作放在白天做。
17	请相信，痴迷皮草那不过是一种返祖冲动。
18	买可调节光照度的台灯，省电又保护视力。
19	用过的面膜纸用来擦首饰、擦家具的表面、擦皮带，不仅擦得亮还能留下面膜纸的香气。
20	把毛巾浸到醋水里两分钟左右之后取出来，用毛巾在室内到处挥舞，5分钟可消除异味。
21	吃完贝类食物可以把贝壳留下来，洗干净，晒干后做工艺品，贝壳上的花纹很有装饰性，是再利用的低碳做法。
22	学校每年的毕业生可以把校服传递给新来的同学，一些生活用品如果可以使用也可以送给同学继续使用。
23	尽量不要使用蚊不叮产品，不仅不环保而且会影响身体健康，如果刚刚被蚊子咬，涂上肥皂就不会痒了。

24	占柚子重量1/4的柚子皮也很有用呢，可以做除臭剂，或者香料，还能解酒。
25	光顾电池出租商店也是不错的选择。花上5元钱，就可以保障一个月有电池用，何乐而不为呢？
26	养鱼更要节水，大鱼缸蓄水多，换水很浪费，不如换成小鱼缸，或是改养乌龟之类不需水的宠物。
27	推辞不必要的应酬，或者降低应酬频率和规模，既健康又节约。
28	我们可以利用旧挂历、植物叶、废旧布块等原材料，精心制作别具新意的环保贺卡，送给亲朋好友进行"环保传情"，向大家倡导环保低碳的生活理念。
29	喝剩下的啤酒可以做花肥使用，用来浇花。尽可能地避免食用碳酸型饮料。
30	使用冰箱时，将物品列个清单，用即时贴贴在冰箱门上，这样一看就知道什么食物放在什么位置。
31	优先选用软包装：易拉罐往往由铝制材料制成，而铝的冶炼会消耗大量的煤炭或电能。与易拉罐相比，软包装生产和处理的过程更节能。
32	擦门窗玻璃时可把洋葱去皮切成两半，趁洋葱的汁液还未干时，用其切口摩擦玻璃，再迅速用干布擦拭，这样擦后的玻璃干净明亮，既省水又可少用清洁剂。
33	冬天洗脸洗脚时，不要将水烧开后再兑冷水，而应该直接将冷水烧至需要的温度。
34	上网下载杂志不仅省钱而且低碳环保，很多平面杂志都提供电子杂志下载。
35	尽量留短发，不仅可以减少洗发液的使用，还可以减少用水。
36	希望越来越多的人穿有机棉衣服或吃有机农作物，这样在不久的将来农民就会少用或不用化肥和杀虫剂，让我们的饮食更健康，环境更美好！

| 37 | 在给草坪浇水前,可以先站到草坪上,如果抬起脚后,草能自然伸直,说明不需浇水。只在需要浇水时才给草坪浇水,每年可节约不少用水。 |
| 38 | 蜡烛要选择清洁燃烧的大豆蜡烛。传统的蜡烛是石蜡基,是由不可再生的石油制作而成。当石蜡燃烧时,放出的煤烟会污染室内空气。 |

办公	内　容
1	传真也要节约用纸,用传真机接收有效内容,尽量不要封面页,将机器设置为不打印确认页,仔细安排好传真以免浪费多余纸张。
2	设纸张回收箱,把可以再利用的纸张按大小不同分类放置,能用的一面朝同一方向,方便别人取用。
3	办公桌上放一盆小的植物,既能吸收辐射,又有赏心悦目之功效,何乐而不为?
4	发送快递时,尽量一次发送多份,不要让快递员多次取送。

电器\洗衣机	内　容
1	衣物事先浸泡可以缩短洗衣时间。
2	尽量存到足够多的衣物再开洗衣机。
3	使用洗衣机漂洗时,最好把衣物上的肥皂水或洗衣粉泡沫甩干后再漂洗,减少漂洗次数。
4	一般脱水不超过3分钟。再延长脱水时间则意义不大。

电器\冰箱	内　容
1	开冰箱的次数越少越好,时间越短越好。若以每次开门时间半分钟至1分钟计,要使冰箱内温度恢复原状,压缩机就要工作5分钟,耗电量0.008千瓦时。

| 2 | 冰箱不要放在太阳直射的地方，不要与煤气灶等热源有"亲密接触"。冰箱散热面与四周应留有5厘米以上的空隙，保证它有足够的"呼吸空间"。 |
| 3 | 如遇停电，不要急于打开冰箱门。 |

电器\空调	内　容
1	定期清洗空调，不仅为了健康，还可以省不少电。
2	其实空调外机都是按照防水要求设计的，不要给它穿外套，那样只会降低散热效果，当然费电。
3	空调启动瞬间电流较大，频繁开关相当费电，且易损坏压缩机。
4	经常清洁过滤网，可请专业人员定期清洗换热器片，这样可以节省约30%的电。
5	"通风"开关不要处于常开状态，否则将增加耗电量。
6	养成出门前30分钟切掉电源的习惯。如果关闭空调30分钟，室温不会有变化。
7	长时间不用时，应切断总电源，而不要仅使用遥控器关闭使其处于耗电的待机状态。

电器\电脑	内　容
1	关掉不用的电脑程序，减少硬盘工作量，既省电也维护你的电脑。
2	如果只用电脑听音乐，显示器可以调暗，或者干脆关掉。
3	用笔记本电脑要特别注意：对电池完全放电；尽量不使用外接设备；关闭暂不使用的设备和接口。
4	戒除"挂网"的坏习惯，长期待机、游戏外挂、挂QQ会损耗大量电的。

电器\相机	内　容
1	变焦相机镜头的一伸一缩，非常耗电。你可以多动动脚步，用"人工变焦"的方式取代"相机变焦"。
2	为了避免电量流失，镍氢电池在充完电后，不要让电池的正负两极同时接触导体。

电器\手机	内　容
1	减少手机的翻盖次数，用耳机接听电话。
2	不频繁更换手机，其实是一种很典型的低碳方式。

其　他	内　容
1	建议选用适合室内面积大小，且附有定时开关的电风扇。
2	使用风扇时选择微风比较适宜，除了能减少开强风造成的噪音外，亦可减少用电，益于人体健康。
3	买电器看节能指标，这是最简单不过的方法了。
4	选购调温型电熨斗，其升温快，达到设定温度后又会恒温。
5	用电饭锅做饭时，可在电饭锅跳到保温状态几分钟后，就拔掉插头。因为保温时间长，费电不说，还容易糊饭。
6	少用吸尘器，多用手擦地板，既环保又锻炼身体。
7	家用电器尽量不使用"声控、光控、遥控"等作为控制开关。

"低碳之道" 环保沙龙

"低碳之道"环保沙龙由2010上海世博会"天下一家"项目（www.we-are-world.com）和WWF（世界自然基金会）联合发起，共同主办，旨在聚集有影响力的专家学者、媒体精英和商界领袖，扩散环保理念，影响消费行为，共同推动可持续低碳发展之道。

2010上海世博会首次提出"低碳世博"概念，媒体和公众对低碳的关注热情也被推向了一个新高，为何"低碳"、如何"低碳"成为热点话题。2008年初即正式发起"中国低碳城市行动"的WWF，联合众多合作伙伴，以"低碳世博"为契机，以环保沙龙为形式，为关心低碳发展的知名学者、商业领袖、环保人士及媒体记者搭建沟通平台。

"低碳之道"环保沙龙通过定期活动，对话嘉宾头脑风暴，论道城市低碳发展愿景与途径，解析与消费决策相关的热点环保问题；通过台上台下互动，在严谨而宽松的氛围中解析时下热点敏感的环保问题，探求解决方案，整合多方资源，促进最佳实践，共同推动低碳城市的发展。

活动回顾

首期活动

时间：2010年5月31日

地点：中国科学院上海学术活动中心

活动主题：启动仪式暨"对话Lester Brown，论道B模式与中国低碳城市发展"

第二期活动

时间：2010年6月29日

地点：上海汽车博物馆

活动主题：新能源车的消费市场在哪里

第三期活动

时间：2010年8月18日

地点：上海市花园坊节能环保产业园大会议厅

活动主题：低碳城市从哪里来

第四期活动

时间：2010年9月17日

地点：上海朱家角皇家金煦花园酒店

活动主题：水源地保护的公众责任

活动预告

第五期活动

时间：2010年10月

主题：木制品消费热中的森林保护

第六期活动

时间：2010年11月

主题：城市古建筑保护

图书在版编目(CIP)数据

绿宝书:减碳生活每周修炼指南/2010上海世博会"天下一家"项目组编. —上海:上海科技教育出版社,2010.10
　ISBN 978-7-5428-5103-1

　Ⅰ.①绿…　Ⅱ.①2…　Ⅲ.①节能—普及读物　Ⅳ.①TK01-49

中国版本图书馆CIP数据核字(2010)第191211号

责任编辑　叶　剑　殷晓岚　王世平
装帧设计　刘　菲

绿宝书——减碳生活每周修炼指南
2010上海世博会"天下一家"项目组　编

出版发行　上海世纪出版股份有限公司　上海科技教育出版社
　　　　　　(上海冠生园路393号　邮政编码200235)
网　　址　www.ewen.cc　www.sste.com
印　　刷　常熟市华顺印刷有限公司
开　　本　787×1092 mm　1/32
印　　张　4.25
字　　数　90 000
版　　次　2010年10月第1版
印　　次　2010年10月第1次印刷
印　　数　1—5 000
书　　号　ISBN 978-7-5428-5103-1/N·796
定　　价　18.00元